La tortilla corredora

EDICIONES **ekaré**

Edición a cargo de Verónica Uribe
Diseño y dirección de arte: Iván larraguibel

Retoques digitales y producción: Martín Uribe

Primera edición 2010

ISBN 978-956-8868-00-0
ISBN 978-84-937212-1-3

Impreso en China por South China Printing Co. Ltd.

# LA TORTILLA CORREDORA

Versión de Laura Herrera
Ilustraciones de Scarlet Narciso

Ediciones Ekaré

Había una vez una mujer que tenía
siete hijos muy hambrientos.

Un día, la mujer preparó una deliciosa tortilla
que puso al rescoldo.

Los siete hijos miraban la tortilla,
la tortilla miraba a los siete hijos.

Cuando la tortilla estuvo lista, la mujer la sacó
de las brasas. La iba a sacudir con un paño, pero
la tortilla saltó de sus manos y salió corriendo.

—Estos siete niños me quieren comer
—gritó la tortilla.

Y rodó cuesta abajo.

Por allí estaba el gallo.
–¿Adónde vas tan apurada? –le dijo–.
Te ves tan deliciosa que te quiero comer.

—No, señor —dijo la tortilla—.
No me comieron los siete niños hambrientos y tampoco
me comerás tú. —Y siguió corriendo.

Más allá estaba la vaca.
—¿Adónde vas tan apurada? —le dijo—.
Te ves tan tostadita que te quiero comer.

—No, señora —dijo la tortilla—.
No me comieron los siete niños hambrientos,
no me comió el gallo y no me comerás tú. —Y siguió corriendo.

Luego estaba el perro.
—¿Adónde vas tan apurada? —le dijo—.
Hueles tan bien que te quiero comer.

—No, señor —dijo la tortilla—. No me comieron los siete niños
hambrientos, no me comió el gallo, no me comió la vaca
y no me comerás tú. —Y siguió corriendo.

Pero… más abajo estaba el río.

—¿Y ahora qué haré? —exclamó la tortilla—. No puedo
atravesar el río. Me puedo ahogar, me puedo deshacer...
¡me puedo morir!

El chancho le propuso:
Yo te puedo llevar al otro lado. Súbete a mi lomo.
La tortilla corredora saltó sobre el lomo del chancho.

El chancho se metió al río, pero el agua salpicaba a la tortilla.
—Encarámate sobre mi nariz —le dijo el chancho—.
Así no te mojarás.

La tortilla se encaramó a la nariz del chancho.
El chancho respingó la nariz, la tortilla se tambaleó

y el chancho abrió la boca grande, grande…

...pero antes de que el chancho se la pudiera tragar,
la tortillita dio un salto y se escapó.

La tortilla se salvó
y este cuento
se acabó.

¿Se acabó?
Noooooooo.
El perro ladró, la vaca mugió, el galló cantó.

¿Y los siete niños hambrientos?
Gritaron:
¡Tenemos un hambre atroz!

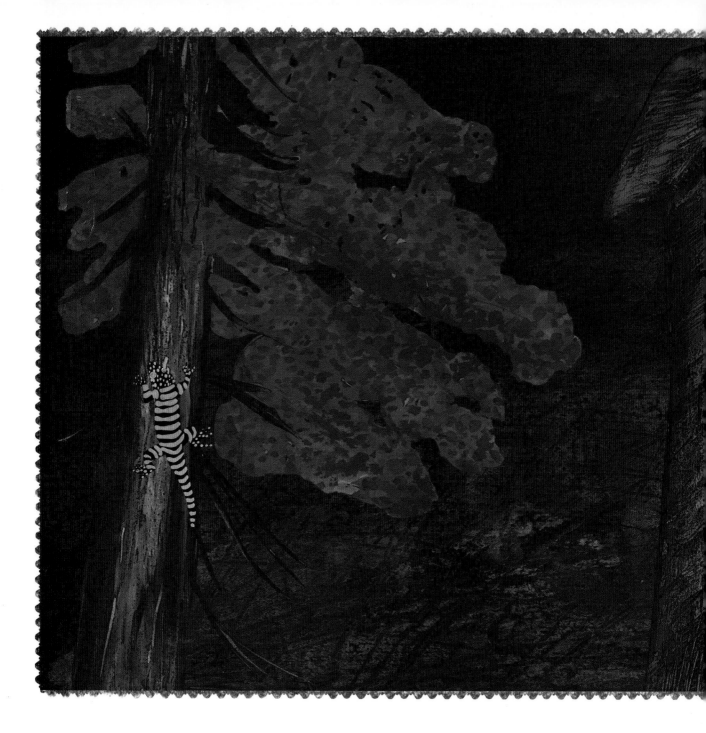

¿Y la mamá?
Preparó papas con arroz.

¿Y la tortilla corredora?
Corriendo por el mundo anda.
Y dicen que todavía nadie
se la ha podido comer.

Corriendo, corriendo, la tortilla pasó cerca de algunos árboles
nativos y junto a dos pájaros del sur de Chile. ¿Los viste?

Araucaria: (*Araucaria araucana*). También se le llama pehuén. Es un árbol
grande que puede alcanzar una altura de 50 metros. Tiene un largo tronco
y una copa abierta. Las semillas de la araucaria son los piñones, un alimento
muy importante para los mapuche. Los piñones se comen cocidos, tostados
o guisados y con ellos también se prepara harina. (pag. 18, 19 ,20, 26, 27)

Peumo: (*Cryptocarya alba*). Es un árbol siempreverde, que puede crecer
hasta los 20 metros de altura. Tiene unas hojas de color verde oscuro,
muy aromáticas. (pag. 15)

Alerce: (*Fitzroya cupressoides*). Es un árbol muy longevo, es decir, vive
muchos años . Hay alerces en el sur de Chile que tienen más de 3.500 años.
Ha sido muy explotado porque tiene una excelente madera, dura y muy
hermosa. Desde 1976 es un árbol protegido y está prohibido cortarlo.
(pag. 4, 10, 11, 28)

Palma chilena: (*Jubae chilensis*) También se le llama palma de coquitos
o palma de miel porque con la savia se produce una exquisita miel. Alcanza
una altura de 15 metros y tiene unas largas hojas en forma de pluma. (pag. 30)

Bandurria: (*Theristicus melanopis*) Es un ave grande que mide hasta 73 cm.
Tiene un pico largo y curvado hacia abajo. Se alimenta de sapos y renacuajos
que caza en la orilla de lagos y lagunas. (pag. 4, 15)

Pájaro carpintero: (*Compephilus magellanicus*) Con su fuerte pico, el pájaro
carpintero abre huecos en los troncos de los árboles para hacer allí su nido.
El macho tiene el cuerpo negro y la cabeza roja con un copete también rojo.
(pag. 24)

## ACERCA DE LA TORTILLA CORREDORA

En la tradición oral hay muchos cuentos de alimentos que escapan de las manos de quienes quieren comérselos. El más conocido en la actualidad proviene de la tradición anglosajona: El hombrecillo de genjibre (*The Gingerbread Man*). Pero en el sur de Chile se narra **La tortilla corredora**, una historia muy popular y favorita de los niños pequeños. Una madre prepara una tortilla (especie de pan de forma redonda y plana) y la pone "al rescoldo", es decir, en medio de las cenizas y las brasas. Cuando se la va a dar a sus siete hijos hambrientos, la tortilla escapa y detrás de ella corren la madre, los hijos y los animales que encuentra por el camino. Hasta que se topa con el chancho (o cerdo, cochino, puerco, etc) el que por fin se la come. Pero en esta versión de Laura Herrera, la tortilla logra escapar, incluso del chancho, y realizar su sueño de recorrer el mundo.

Las ilustraciones son de Scarlet Narciso, artista venezolana radicada en Berkeley, California. Para este libro trabajó mezclando técnicas analógicas (gouache, acrílico y lápiz) con técnicas digitales, llevando las imágenes de un medio a otro con total naturalidad.